本卷诗歌有声版请搜微信公众号“旷馥斋”之“兄妹诗——名家诵读”

孤山放鹤

林旭埜 著

黄河出版传媒集团
阳光出版社

图书在版编目（CIP）数据

孤山放鹤 / 林旭埜著. -- 银川 : 阳光出版社,
2016.12
ISBN 978-7-5525-3400-9

Ⅰ. ①孤… Ⅱ. ①林… Ⅲ. ①诗集 – 中国 – 当代
Ⅳ. ①I227

中国版本图书馆CIP数据核字（2017）第005576号

孤山放鹤 林旭埜 著

责任编辑 李媛媛
封面设计 礼孩书衣坊
责任印制 岳建宁

黄河出版传媒集团 阳光出版社 出版发行

出 版 人 王杨宝
地　　址 宁夏银川市北京东路139号出版大厦（750001）
网　　址 http：//www.yrpubm.com
网上书店 http：//www.hh-book.com
电子信箱 yangguang@yrpubm.com
邮购电话 0951-5045842
经　　销 全国新华书店
印刷装订 广州星河印刷有限公司
印刷委托书号 （宁）0004075

开　　本 889mm × 1194mm 1/ 32
印　　张 6.25
字　　数 160千字
版　　次 2016年12月第1版
印　　次 2016年12月第1次印刷
书　　号 ISBN 978-7-5525-3400-9
定　　价 26.00元

目录

二　地球是只转经筒

三　孤山放鹤

四 只认此处是江南

五 禅意

六 失眠组诗(10首)

七　神时代

八　岁月的痕迹

九　雪

十　墙外的花朵

十一　漂白

十二　寒冬里风提着刀

十三　入埃及记

想象力、情商与哲思的集团感染力

林馥娜

诗歌是对现实的超拔，是人在俗世中的飞逸，故曾经浸淫于诗意中的人往往欲罢不能，许多在学生时期写过诗，进入社会后因生计繁忙而中断的作者，多数会在某一时间或某一事情的触发而重操诗艺，林旭埜就是这其中的一员。笔者作为他的妹妹，眼见他远离诗歌甚为可惜，同时也抱有希望哥哥通过诗歌写作进行积极休息的私心，便劝说其重拾旧爱。自从2014年开始重新写作以来，林旭埜呈现出一种涌泉式的创作态势，不但数量上日增月升，写作手法也迥异于学生时代的抒情套路，作品呈现出焕然一新的面目。

林旭埜具有从日常生活中提取诗意的能力，在诸多诗歌写作的构成元素中，想象力奇崛是其最为突出的特点。他善于从不同的对象中提取出抽象的共性，同时又把它具象化地表达出来，使人读之既超乎想象又有会心之感。“地球/是一只转经筒/足迹/皆为写满地面的/‘六字真言’”（《地球是只转经筒》），诗人从松赞林寺的香火联想到宗教的源远流长；又通过转经筒的旋转而想象到地球自转的亘古绵长；由人们朝拜转山与颂念真言的周而复始，这些从独立的个体中提纯出共性的张力达成了诗意的呈现。

在《父亲的球艺》这首诗中，诗人由父亲打乒乓球的技法，联想到生活中的事件，并从原本不相关的场景与事件中找到其内在的联系——打球技术上娴熟的“防守推挡”与生活中面对冲突的“避实就虚”都具有太极的化力技巧。

面对母亲的唠叨，父亲避实就虚，以太极推手的圆融，把“打球太拼”等“缺点”引向“身子骨照样这么硬”的优点。这种四两拨千斤的生活智慧是经过岁月沉淀而形成的情商，与其以蛮力对撞，两败俱伤，不如顾左右而言他，反而能化解生活中的矛盾。其实，这种唠叨式的所谓责难，也是老一辈表达关爱的一种方式。他们拙于（或者不好意思）像年轻人一样表达关爱，故而以责备的方式来掩饰内心真正的动机。诗人通过生活场景的并置，给我们带来了解决生活矛盾与发现事物本质的启发。

诗人的言说并没有到此为止，而是接着把想象力发挥到极致。通过“把太阳从东边扣杀到西边/把月亮放个高球，常挂在天上”的夸张手法，强调生活需要想象力与技巧，婚姻也需要经营，而使生活过得轻松的途径是练成能够操控“足够大的球拍”的胸襟。

都说“少年情怀总是诗”，在中年写作中，青春的激情已然退去，但阅历与经验却是一笔年少时无从获得的财富。我认为阅历与经验的思辨结晶便是哲思。在林旭埜这里，哲思往往成为其诗歌的骨架，使他对现实的介入具有诗的意味。事物的软与硬，弱与强并不一定是表面所见，它们具有互相转化的可能性。正如水能载舟也能覆舟，无形的风也能刮塌巍巍大厦。在诗人这里，风更是被赋予了正义的力量，用以斩下罪人的头颅——哪怕这个人是高高在上的“太阳”。“坚硬的石头在无声风化/只有软弱的野草，弯腰之后又挺立//风，提着寒光凛冽的刀/一会站在高处，一会奔向低处//它的吼叫凄厉惊竦：若无认罪之人/每天黄昏，将斩下一颗夕阳头颅”（《寒冬里风提着刀》）。

诗人以自然景象影射人事代谢的社会大环境，“发酵了整个春夏的大事件/终于在季末揭盎”（《立秋》），大事件与秋老虎终归要纳入正常运转的时序和节奏。同时以气候紊乱代指纷纭世事，末节以回归正常秩序作结，达成诗与事，景与人的相互代指，这种春秋笔法在林旭埜的写作中占有较大的比重。他在以《纸上春秋》的方式抒写他的所悟所感，“前页的秦时月，照彻后页的汉时关/上卷的长城烽火，烧不焦下卷的后庭花//笔墨落处，闻马蹄声四起/指尖翻动时，见波涛涌动”。他在诗中告诫自己“你可以左手写春，右手绘秋/可以翻手行云，覆手泼雨，但//不管是轻描淡写，还是浓墨重彩/请用洁白的灵魂为底色”（《纸的自白》）。在写作中纳入哲思是使文本厚重的途径，但需要警惕的是不可太倚重思辨，思辨过深则易使诗意滑入互相矛盾的境地。

林旭埜是具有文本意识的，他在写作的过程中就已有意识地把每一个主题尽量多方面呈现，形成一组诗。这部诗集是由十三个组诗组成的，而不是通常我们所看到的分成几个大辑，而是一个组诗自成一小辑，这更有利于感染力的集成，我把它称为“集团感染力”。比如在第十一组诗《漂白》中，把黑、白与乌鸦写出了极致，既有词的本义与再认识，又在诗与诗之间获得了互相诠释、互为张力的效果。

2016.4.13

一

笔 墨 春 秋

狼毫

对着一支狼毫
追寻狼的踪影
笔杆可是它坚硬的腰身
笔尖可是它柔软的舌头

在纸的平原上驰骋
在墨的山峦间跃动
吞山川，饮江河
我仿佛听到山崩地裂
波涛汹湧的声动
咬文，嚼字，我看到方块字
砌成的故宫、赵州桥、长城……

驻笔，洗砚
当一切归于宁静，我依然
看到一只狼仰天而立的野性
听到其对月长啸的吼声

墨的自白

即便在利斧下
轰然而倒
即便在烈焰中
化为灰烬
仅余存轻烟般的魂

即便把我的魂
制作成
彻头彻尾的黑
展示
封存

我就以黑为武器
在纸上，在方寸间
还原黑白

林 旭 埜

_ 09

还原旷野中的挺拔
与苍劲

（注:传统的墨由松烟、桐烟制作而成）

砚与墨

当你在旷野中
恣意采撷阳光与月色
我是你树影下的
一块顽石
默默守望
不走近
也不逃离

当你被烈焰烧制成墨
脱胎换骨
我愿意被开凿
雕琢成砚
相随于你
不为拥有
只为相互磨砺

_ 11

当你驰骋画卷
挥洒风云
抒写淋漓快意
就让我平静地
凝望你远离的足迹
不挽留
也不叹息

纸的自白

交出青葱的发肤
交出血肉，交出挺立傲骨

交出遍踏四野的根，交出我的草木一生
留存的仅是纤薄、洁白的一纸灵魂

你可以用比夜更黑的墨
把白昼涂黑，把黑夜描白

你可以用比花更艳的七彩
让苍白灿烂，让灿烂暗淡

你可以左手写春，右手绘秋
可以翻手行云，覆手泼雨，但

不管是轻描淡写，还是浓墨重彩
请用洁白的灵魂为底色

泼墨

黑
以迅雷不及掩耳之势
进入白的领地
渗透、后移
黑与白在进退间
描绘出纸上山河的凝重
和烟云的飘逸

太阳
永远是个缺少创意的
画匠
每天挥毫泼墨
把地球画成
一半黑夜
一半白昼

人们
执灯举火
试图燃尽黑夜
恣意泼墨
却时常把白昼涂绘成
雾霾笼罩的
夜

留白

人迹罕至的荒野
常常绽放着
奇异的花朵
无人登顶的雪山
总能激发无限的
遐想

月亮是黑暗天幕的留白
有人对月长啸
有人对月吟唱
风挥笔画几片乌云
该批评其遮天蔽日
还是赞许其
带来阴凉?

每个人
都在描绘
一幅灿烂画卷
落笔，留白
有几处遗憾
也许才是人生
真实的圆满

纸上春秋

以蝉翼般的薄，折叠数千载历史的厚
用烟云般的轻，承托万里山河的重

前页的秦时月，照彻后页的汉时关
上卷的长城烽火，烧不焦下卷的后庭花

笔墨落处，闻马蹄声四起
指尖翻动時，见波涛涌动

一张脱胎于草木的纸，何曾想到
一段喑哑的前世，抒写了灿烂繁复的今生

在雪地上写字

在雪地写字，可以
落笔无声，入雪三分
既可歪歪斜斜，也可笔挺工整

在雪地写字，可以
写下“黑”字，不留阴影
写下“红”字，不媚眼勾魂

在雪地写字，可以
轻轻用手，重重用脚
也可用身体印上自我的“大”和“人”

在雪地写字，可以
朝写春秋，暮写风云
雪终以自身横扫一切，了去无痕

国民手稿

用铁钎做笔，以石头为纸
落笔入骨，一撇一捺，火花迸出

略去命运悲凉，弗论平生辉煌
篇篇皆简短，册册同厚薄

风来雨去，这风雨翻不烂的手稿
后人撰写，这后人难以捧起的书卷

二

地球是只转经筒

地球是只转经筒

——松赞林寺随想

背着光前行
影子越来越长

何必调整方向
穿过夜幕
太阳就在前方

梵钟揉着藏香
自窗户溢出
亘古不断

地球
是一只转经筒
足迹
皆为写满地面的
“六字真言”

梅里雪山

天空把雪花
织成哈达
披在绵延的崇山峻岭

草木仅能在山脚膜拜
迄今无人登顶
唯有神鹰偶尔掠过
投射着生命的身影

向往
但无须亲近
神圣的拒绝
其实也是一种
温情

酥油灯

平时，我们追逐
星光萤火
追逐闪烁的秘密
耽于霓虹烟火
绽放的华丽

此刻，在静静流淌的
拉萨河边，在日光城
我们平静地徜徉于
麦黄色的阳光下，沉浸在
乳香飘溢的月色里

布达拉宫是一盏
酥油灯，太阳和月亮
是摇曳的火苗，白天
闪耀着温情，夜晚
喷洒着安宁

玛尼石

要高
就站在南迦巴瓦峰巅
听朔风诵经，受冰雪摩顶
在极寂的高处
感受世间的寒凉与澄明

要低
就坐于雅鲁藏布大峡谷底
任激流沙砾在身上刻画经文
在喧哗的低处
领悟禅坐入定的宁静

从天际滚落地心
安然面对这
生命的巨大落差

敲山为钟
留下一路回音

西藏印象

野花踏着雪融的韵律
弯腰叩首
前来朝拜春天
风将云彩
裁成片片经幡
挂在纳木错湖面
系在天边

高原历经万年
把珠峰砌成
高耸入云的玛尼堆
雅鲁藏布江在峰峦间
转行诵经
于空谷
敲响暮鼓晨钟

月光下的黑颈鹤

一群黑颈鹤，缓缓地
落于湖面
天空，也缓缓收起明亮的羽翼

月光下
鹤群，是一片伫立之影
分不清，鹤颈之黑，羽翼之白
湖面回荡的微风
分不清来自东边，还是西面

而湖岸那边，有声音隐隐传来
其实，也不必分辨
是歌唱，还是诵经

只需默默而立
看高原宁静的内在，被一声鹤鸣
轻轻划开，又迅疾弥合

拉萨河的波光

夕阳下
拉萨河的波光
宛如千盏万盏酥油灯摇曳的光芒

捧起一把河水
就如捧起一朵金色的光芒
光芒在纵横交错的掌纹中流溢
渗入肌肤
渗入动脉、静脉的暗河
刹那间
浑身的脉管
仿佛接通为
拉萨河的支流

此后，我的
每一个握手，一个拥抱

会否把拉萨河的光芒
同样接入他人的脉管

黄昏草场

秋色倒骑瘦马，越逃越远
高擎白帜的雪阵
正在十里之外，压境而至
阿爸一如以往
草刀挥处，朔风骤起
刮倒荒草连片

牛车满载黄昏
归家的步子依然不紧不慢
暮色翻山而来
阿妈摘下夕阳，塞入灶膛
溢出窗外的酒香
熏醉栅栏圈住的一地月光

在雅鲁藏布大峡谷边上

站在大峡谷边上
如立于时光的边缘

峡谷一深再深
时光的枝叶
或挂于峭壁，或落于深渊
空谷激流的回音里
行走着不可回溯的过往

而四季，以排布有序的方阵
自低而高，渐次前行
一抬头，繁花彩蝶将春色
染尽身前身后
再抬头，那一高再高的峰巅
已是白雪漫漫

而我，一如这弥漫峰谷的烟云
一日里穿越四季
一念间阅尽今生

三

孤山放鹤

孤山放鹤

把自己站成人世间的
万仞孤山
月亮是我放飞的白鹤

不盼它一步一鸣一回头
只任其渺渺西去

但一定有羽毛落下
落成编织世间静谧的银丝
落成白雪，填沟壑，填世间坎坷

一定会在下一天
白鹤在我手中，重新放飞

提灯的人

灯光明亮
而提灯之人，时常面目迷茫

提着太阳的人，隐于光芒背后
其气息，是春风浩荡
其屣痕，是秋色漫卷

提着月亮的人，则以夜幕披身
嘴里哼虫鸣蛙鼓
袖口漏下遍地酣梦

提灯之人，在不经意之间
排布着世间色调和冷暖

如果需要再来一场畅饮

那么
我更愿意与野草为伍
邀夕阳把盏

不嘲笑
夕阳赴约时的跌跌撞撞
喜欢野草微醺时
没有刻意装出的硬
也安于没人指摘我
不胜酒力的脸红耳热

痛快时
可以野草佐酒
让内心的野性似野草疯长
揽夕阳入怀
照我

通体发光
令日渐发黑的血液和脉管
再度红亮

塬上篝火

夜正深
穿行于西北大地
体悉到四野的苍茫与寒凉

击石取火
以月色助燃
往往只是溅出流萤点点

我愿意放低身段
伏下去
匍匐成塬

让毛发黄成荒草
在暗夜里
点燃一轮朝阳

让骨骼，脱水枯干
为红日添柴
任其于高空处，越燃越旺

把自己嵌进一首诗里

例如，把牙齿
排列成文字，组合成词语
让词语咬合无缝，铿锵有声

将每一根头发，排成诗行
每一行，或有光亮的黑
或有通体的白

而脊骨，就用于
撑起诗的腰身
节节相扣，百折不断

最后，每一首都注入血液
有急速的出发
也有静静的，回流

踩着自己的影子前行

有时在前，有时在后
有时在左，有时在右
影子很薄，薄得只有形状没有内容
影子很轻，轻得从未被人掂量
我们时常恣意踩踏影子行前退后
影子从不喊痛

灵魂比影子更薄，薄得没有形状
有时很轻，有时很重
没人能说清灵魂的内容
灵魂时而重叠于身，时而飘离于前后左右
当你恣意踩踏灵魂行前退后
灵魂迟早令身心喊痛

我的名字

算命先生说我缺木缺土
父亲花了一天的工夫
字典里找了几乎无人认识的“埜”
成为我一生奇妙的字符

泥土上栽满树木的田埜
旭日冉冉而升的田野
我在旷野节节拔高的成长史
父辈扮演了阳光和泥土的角色

小时上山捡柴火，只捡败叶枯枝
从未砍过一棵树木
如今阳台上的春花开了又枯
我总是不舍花盆中长出野草的泥土

我想当我老去之时

血肉化为泥土
而骨骼肯定会挺立
那是野草丛中不起眼的杂木

测字

开学点名
新老师念我的名字
总是花样百出
林旭——“楚”
林旭——“墅”
林旭——“林”
甚至还有人硬生生地
读成林旭“林土”
在我眼里
那个把“埜”读成“堃”的老师
虚伪得还算有点技术
我沮丧的是
怎么就没一位老师
敢在课堂问我“埜”字如何读

某位老先生端详着我的名片说:

你们家肯定是书香门户
起的名字高雅不俗
土上有林，林下是土
还有旭日高照……
然后才慢吞吞地问我：
这个字……

多年以后
有一初次见面之人
轻松正确地读出我的名字
我心里一咯噔：
莫非他是
字典里跳出来的
怪物？

卷尺

一滴前行的河水
往往没有心思识别
此岸还是彼岸

我们时常无暇欣赏沿途的草木
匆匆登顶却又怅然察觉
眼前还有更高更险的峰峦

曾经从广州到欧洲
从欧洲到美洲，从美洲到广州
一路向西越飞越远，远至回到始发的地方

一片落叶离开枝头，被大地拥入怀中
飞鸟说:那是生命的终结
泥土说:这是生命的起点

四

只认此处是江南

只认此处是江南

飘逸的柳丝，能读出一行行唐诗
灵动的荷叶，不小心
便翻滚出一阕阕宋词
西湖的涛声里，有古韵今声
钱塘潮涌，一层推着一层
仿佛今夕覆盖着过往

旧时的流连
此刻的忘返
江南是一湖常阅常新的波光
别处，亦有烟雨拂面
他乡，亦有花红似火映江天
可我，只认此处是江南

南屏晚钟

跨出寺院之门
身后飘来的钟声
隐约而又空灵
一声，把江南急雨敲细成丝
又一声，在灰暗的天空
敲出一朵又一朵白云
这一声又一声的悠扬晚钟
追着我
轻轻地，敲击着我
把我厚重的身心，敲薄
把我迟滞的步履，敲轻

断桥残雪

此时的断桥，没有残雪
只有残月之光

远方的冰山，一直在悄悄消融
日渐温暖的江南
或许，雪已久未造访
而江南，依然有江南的手段
你看那银色之月，正在悄悄消融
把残雪般的月光
一层层，撒在欲断不断的桥上

依然，有人依偎着，撑伞遮月
重演断桥残雪的浪漫

曲院风荷

曲院，一次又一次败落
一次又一次复建
酿酒之人，却已不再回还
只有一箭箭荷花，一片片莲叶
像酒麯
在西湖这个偌大酒缸里
酿出香飘万里的
唐诗，宋词
酿出传世的吟唱

苏堤

寒气依然萧索
这一次，我未从苏堤穿过

我只在高处遥望
把西湖望成砚，把湖水望成墨

把苏堤望成一支笔
横跨南北，搁于砚池上

看谁，用这支笔
写古韵新词，画江南春色

车过虎跑

天空阴郁如铅
下坠之势，无从抗拒
仿佛，誓将四野踏平

草木失色
风，分不清是缄默
还是助阵

我寻思，来两声咆哮
唤出寺中猛虎
扑向天空

在天空，刨出缺口
刨出一汪清泉
恍惚间，车已过虎跑

三潭印月

无非就是抽掉身上的软骨，换成石头
掏空欲念，拔除闭塞的茅草，让脑门洞开
当然，还需把双脚换成稳稳的底座

就这样，一日、一季、甚至一年
于深水和淤泥中，与三塔为伍
分立四方，毫不摇晃

当塔中烛火、空中圆月与胸中的光明
在湖面交映，是否会有好事者
在史册里，改此处为四潭印月？

注：三潭印月说法其一，《西湖志》所说：“月光映潭，分塔为三，故有三潭印月之目。”

论雷峰塔的倒掉

降妖人本身，妖气更重
淹没金山寺的
是万千民众的口水
而一座塔被滥用于镇住情，压住爱
它的倒掉，也就成为必然
人妖间的真情
亦无须竖立新塔昭示
就让其煙于熙熙市井
没入柳林烟雨
只让西湖，依旧如镜千年
照妖事，辩人祸

柳浪闻莺

孤瘦的柳条上
挂着一缕缕残阳
寒风中，一树树岁月的风骨
浩荡成浪

柳浪间，鸟雀无影
我有意无意地
仿一声莺啼
刹那间，竟有鸟鸣四起

在枝头，轻轻呵一口气
不为催春吐绿
只留下一朵
去而又来的印记

五

禅意

木鱼

木鱼敲响，诵经声起
一切都静了下来
空气木化，香火木化，诵经人木化
墙外的鸟鸣，也木化成木鱼的节奏
只有木鱼上下跃动
撞击着僧人手中的木槌

寺院之外，乌云褪了黑色
尘埃纷纷落下，汽车放缓了速度
脚步轻缓有序
而木鱼声，似远犹近
我弄不清是木鱼跳入了胸腔
还是心跳趋同了木鱼的节律

清晨禅钟

钟声，穿出山门
越空而来
地球，像一朵莲花
抖落夜的污泥
绽开一瓣瓣光明和洁白
我不清楚
这朵莲花上的每一个人
是否都是佛
只看到不少人，口吐莲花
让四处的湖面
开满一朵朵禅钟

黑蝴蝶

空山无人，手执野花
自在地穿行于花间

一只黑蝴蝶
左右飞舞，落在衣袖

又一只黑蝴蝶
上下飞舞，落在发端

一只又一只黑蝴蝶
围着我飞舞，粘在身前身后

它们，并未因我丢下野花而离去
而是反复打开、合上自己

我迟疑于该拂走蝶群，还是学它们

打开内心的黑暗，合上表面的光芒

或者，摇身一变
化为一只黑色蝴蝶？

讲经的鸟

一个小鸟啄着案台
节奏分明
宛如木鱼的敲击声
另一个在蒲团上啾啾而鸣
仿佛在为旁边的几个讲经

在这间人迹罕至的小庙
听不到暮鼓晨钟
看不到香火缭绕
寻不见诵经的僧人
只看到空山一样的空和净

小鸟们对我的闯入
视而不见
不理不睬
仿佛我是个
不请自来的鸟人

墙头草

孤零零地，立于寺院的墙头
沐晨钟，听暮鼓
不向深处探寻，不向宽处拓展
紧紧抓住脚下的一寸土
一棵高处的草
在风中摇摆，在雨中倒伏
在诵经声中重新挺立
也许，生命中
无可回避的软
就是它性格里的硬
就是它一生修习的禅定

山门石

不计风雨，不辨春夏秋冬
它一动不动
匍匐于山门之外
任千万双脚在头上踩过

高僧踩过，徒儿踩过
烧香的信众踩过
没有人注意它的存在
它同样忘了自己的存在

当棱角被踩平
身上的粗粝化为光滑
它恍然醒来，发现自己完成了
一直梦想的摩顶，削发

名山藏

不寻名刹，不划地为界，不筑院墙
山前山后，山南山北，皆为敞开的佛门

令惊雷击鼓滚石敲钟，无须朝暮常鸣
插树为香燃日做烛，林间雾是缭绕不绝的烟

设天空为藏经阁，摞经书成一卷卷白云
铺绿草落叶为毡，迎鸟兽虫蚁开坛讲经

风骤雨急，视为不懈修行
松涛泉韵，也是不息的诵经声

莫辨山中藏寺抑或寺中藏山
只将世间的空与满，全在胸中吐纳

飞凤岩

时光的灰褐色，爬满飞凤岩
岩石里有佛光

凿石为堂的跛脚僧
似乎尚未走远
滴水洞的滴水声
一如他那滴穿岁月的诵经声

禅坐的巨石间，迂回着隐与忍
滴水的回声里，有谁
参悟出泯灭的幽深？

静

无论山南如何喧嚣
飞凤寺，统领着黄岐山北
漫山遍野的静

在这宛如世外之处
除了放轻脚步
还需卸下光阴
卸下辎重，卸下硬壳
卸下一切的念与想
卸下自以为的浊与清

在飞凤寺
我不点香，不祈求
只让思绪在身旁的香火中焚化
焚化成沁入心脾的静

六

失眠

失眠

像一条鱼，在床上
翻过来覆过去
总想把睡意煎熟

从脑袋里，翻出几块诗意
雕过来琢过去
把毛料打磨成玉器

也想一些不如意事
如乌云一转身便成为白絮
纷纷扬扬，成落英满地

手舞脚踢
踢得地球翻个筋斗
月亮下沉，太阳冉冉升起

失眠

每个夜晚
将窗关严，窗帘拉密
却总有一丝丝一缕缕月光
溜进屋里，溜进体内
照心，映肺
看心有否狼迹
听肺是否犬喘
而后，又变成无数只白羊
在体内吃草，游荡
一只，两只，三只……
让你数到天亮
依然，数不完

失眠

月光
是吴刚倾倒于人间的
桂花酒，所有的人
皆酣醉如泥
独醒的我，举杯
呼星，不唤月中寂寞嫦娥
只向吴刚
戏说灯火人寰
与星星一道
饮尽遍地月光

失眠

夏天的蛙鼓
是用来敲裂夜幕的
秋季的蝉声
也可鸣蜕暗夜的羽翼

有人因街心花园的虫鸣
心烦意燥
我在这富于节律的歌唱中
读破夜的幽深

失眠

数绵羊的时候
我纳闷，这时候
绵羊是否也在不停的数我
是否从一个林旭埜数到一万个
还是倒过来数？
是否黑白相间，念念有词
比如一个林旭埜白，一个林旭埜黑
还是一个林旭埜黑，两个林旭埜黑
三个，四个，五个
一直黑到底？

失眠

数羊正值忘我
两只绵羊拨开茫茫夜色
咬着我的衣角说：
4号13号
刚才为啥没念到？
我解释：这俩数字不吉利
用3A和12A代替了
4号羊说：哪有这么多禁忌
俺们只敬天地敬草木
你爱念不念
俺坐不更名站不改姓
13号想了想说：
那俺还是改12A吧

失眠

白天，在光明中展现满脸的光明
夜晚，在黑暗里清扫内心的黑暗

当黑暗清扫殆尽
我看到另一个轻薄透明的自己

我忐忑，是否会有一阵风
把这个我吹扫出尘世

失眠

琢磨着，是否摸进自己体内
把生物钟的时针
拨前，或者拨后十二格

或者叫月亮快步小跑
叫太阳磨蹭一些
另行分配日夜的时长比例

不然就直接吩咐上帝
叫人类无须睡觉
虎狼猛兽一直冬眠

失眠

眼前
飘过百里远故乡炊烟
扬起万里外他乡沙尘
我在夜里策马
左手披荆，右手斩棘
通向梦乡的小径
野花夹道，花香扑鼻
路途，却依然漫长

失眠

夜是两块夹板
一块自地下上升
一块从天上压下
把太阳夹碎，把人夹扁在床

我反复挣扎
不断变换抵抗的姿势和招式
把上夹板托回上空
把下夹板踩进地里

七

神时代

搜索

他摸了摸左口袋
搜了搜右裤袋
挠了挠头皮
又跺了跺脚

车钥匙，始终不见影子
于是，他拿出手机
打开百度
开始搜索

摇一摇

山间无人，无风
甚至听不到一声鸟鸣
只有树叶在枝头
偶尔摇了一摇

他下意识地打开微信
用力摇了一摇
“的铃”一声，跳出个
距离十米，叫“孤零零”的人

环顾四周，四野依然无人
只见前头一座新坟
坟头一株孤零零的小草
摇了一摇

朋友圈微商

弥留之际
他握住前来告别的好友之手
语如游丝:
只求你一件事
别删我微信
等你到了那边
咱继续做生意

杀毒软件

父亲说
大米有毒
蔬菜有毒
猪肉有毒
土壤有毒
流水有毒
空气有毒
这日子该如何过?
玩手机的儿子抬头说
快装杀毒软件啊!

微信红包

一环保主义者临终前
反复叮嘱：
千万别为我烧香烧纸
记得每个月发微信红包
即可

双十一

从城南到城北
才下东楼，又上西楼
当他气喘吁吁送出最后一个邮包
在楼梯一脚踩空

他上气不接下气
对赶来的主管说
万一我不行了，寄骨灰盒
别跟我父母收快递费

丐帮

每拉进几个诗人
群主就在诗歌微信群里
发一个红包
某日，一女诗人突然发飙
发了个动画图片
搧了群主一巴掌又一巴掌
边搧边说：
成天发一分钱的红包
你当我们是乞丐啊
没见过你这样的
我退帮了
哦，不，退群

扔石头

微信群的诗人
就像站在池塘边的一群人
把诗歌不断往里扔
每一首，都如石头
直接沉入水底
偶尔有人扔下一个
轻飘飘的微信红包
反倒激起不小的浪花

神时代

时空中神曲回旋
神灯高挂，萤火虫亦喷洒着光芒

左一个男神，右一个女神
中间似乎还有非男非女神

人间已是天阙
我却拙于操控那些打了鸡血的颂词

扛着放大镜，望远镜
我在众神中费力指认凡人与鬼影

我肯定也是神的一种，只不知
会被归于瘟神，还是贴错的门神

八

岁 月 的 痕 迹

父亲的球艺

父亲酷爱乒乓球
白天，夜晚，球不离手
球艺远近闻名
村里男女老幼
多是其手下败兵

在家里，母亲的唠叨
常常乒乒乓乓攻向父亲
“抽烟，熬夜，喝浓茶
打球太拼”
父亲防守推挡
手法驾轻就熟
“我可改不了这些毛病
瞧，都七十有余
身子骨照样这么硬！”

我猜想，如果有够大的
球拍，父亲肯定会
把太阳从东边扣杀到西边
把月亮放个高球，常挂在天上

月娘

小表妹偷吃了拜月娘的月饼
被姑妈追打
眼眶掉出一轮轮晶莹的月亮

奶奶用双手围成圆月
护着小表妹说
没事，你就是我们的小月娘

在银色的月光下
我突然发现，奶奶才是
一直照护着我们的月娘

注:潮汕人将月亮称月娘。

妈妈是个美人

从前
妈妈常从田间
带回些野花
哄妹妹说:这花
肯定比隔壁阿婵的雪花膏
更香

妈妈还把种在破碗破罐的
野花，一溜儿搁上围墙
那些风中摇摆的各色花儿
在我们眼里
远比墙上的红色标语
好看

夜晚，各色花儿
随着妈妈飞舞的针线

开放于一幅幅潮绣
开放在妹妹们的衣衫
令旧衫比新衣
漂亮

多年以后
当妈妈被我们说服
第一次穿上花红叶绿的衣裳
我们才恍然发现
妈妈的美，其实
不必借助花的语言

母亲说

读没几天书的母亲
前几天又无意间
说出金句:
人就像鸟儿
四处飞，四处棲息

就像我们
羽翼刚满时
掠过座座山川
定居在远离母亲父亲的
他乡

当儿子飞越重洋
离我们越来越远
我们的他乡
抑或已是他的

故乡

只有母亲父亲
始终固守着
故乡的老屋
固守着我们和后辈
不断回望的潮汕平原

舅舅的菜地

播种，拔草，施肥
日复一日
七十有余的舅舅
伺候那些蔬菜
就如之前伺候他走失的儿子

芥蓝，椰菜，芫荽，春菜
还有一垄垄大白菜
一垄垄青葱
舅舅编织的满眼的绿
伸向远空无尽的蓝

蜜蜂，在毛茸茸的葱花上
忘情嬉戏
蝴蝶，俏皮地

把自己
印在红彤彤的番茄上

而舅舅
挺身，把朝阳驮起
弯腰，把夕阳按于地下
且把自己的影子
深深印进辽阔的菜地

白发

习惯了黑
对贸然闯进的白
充满敌意
充满忧虑

抹黑
或者连根拔起
百般心计
捍卫黑的圣域

抵抗
实属徒劳无益
黑白
终归彼此交织

白，有时不是黑的反面

进与退，乃路途的不同轨迹
泾渭分明的两派
往往是同根的兄弟

皱纹

深不见底
令半生泥沙俱沉
却又浅得因一滴泪
一滴汗水而泛滥

浩浩长河
起伏于方寸间
穿越懵懂与沧桑
纵以余生泅渡
也无从回溯青春之源

心事，无须起起落落
时光是个魔术师
在额头开凿岁月河道之时
也悄然填平了内心的
沟沟壑壑，抚平波涛
抚平汹涌的迷惘

老花眼

眼皮底下的文字
跳跃不定，佩戴
凹镜还是凸镜?
人到中年
混乱了远和近

灯下黑
身边人
明与暗之间
有一道灰色地带
无法，抑或无意厘清

一群雀鸟
平时鼓噪不停
一旦高飞远走
却又怀恋旧巢的

简陋与温情

山间云
令攀爬者迷失
在观景人眼里
是一朵朵
美丽的风景

天空看不清
雾霾笼罩的地球
有谁能为
日月这双眼
配置一副老花眼镜

我们即将垂垂老去

时常感慨
世事把我们消磨得
身影佝偻
锋芒把我们切割得
体无完肤
我们只剩下
疏松，缺钙的筋骨
无力攀越离离峰谷

没有悲怆和怨艾
我们是垂垂老去的
火柴，踟蹰于
狭小幽暗之处
忘却旧时风物
但依然存留着
随时燃烧的磷火
和宁折不弯的气度

枯枝

当穿行于季节的脚步
在冬天日渐缓慢
青春，在疏松的骨质中
急速流失，躯体
销蚀似一段枯枝
再也承受不了
一片叶子，一朵花的
重量

让我们像枯枝脱落于树干
自急流中退却
自纷争中退却
自对垒中退却
自贪念中退却
让退却成为一种勇气
成为一种毫无牵挂的
坦然

九雪

初雪

秋天临走时
卷走了枝丫上所有的
金币

冬天急匆匆赶来
归还些白花花的
银子

雪地上的小鸟

一粒粒雪
像一粒粒文字
密密麻麻
写满大地

几只小鸟
在雪地上跳来跳去
仿佛为冗长的雪
加上逗号

还有一只
停在探出雪地的枯枝上
像一片叶子
为苍白寒凉的文章断句

春天的密码

夏雨画秋，冬雪绘春
相对于雨的落笔有声，力透纸背
雪的笔法更长于
轻描淡写，落墨无痕

且莫问春色几分，青山几重
冬雪用隐形墨水绘写春天的密码
当太阳靠近，呵几口热气
将慢慢显现柳绿桃红，泉清镜明

雪中惑

在雪中
看雪缓缓而落，轻轻而舞
随雪韵律动，我分不清
是雪飘落于身上
还是自己飘落于雪境

分不清，是万物以庄严的静
迎接雪的来临
还是雪的来临冻结了世间的喧嚣
分不清，是大地以辽阔的灰暗
托起无边无际的洁白
还是来之天际的白
掩埋了地面的污浊

就像我分不清
是后天的人性丑陋

裹胁着善良的初心
还是纯真的外表，始终
包藏着阴暗，复杂的
内涵

与雪花的距离

亲密的触摸
往往改变其完美的外形
温暖，时常污染其晶莹的身心
面对曼舞的雪花
我从不拥其入怀，或捧于掌心
听任其落于发际
拂过衣襟

总是用心阅览路途中的
沟沟壑壑，不介意
每次出发能否抵达峰顶
深一脚，浅一脚
沿山路涉雪上行
有时，我罔顾他人的诧异
半途折返，独自品味退却的遗憾
和脚踏平地的宁静

雪的界限

雪落无声，雪去无痕
雪不擅越南方腹地
不擅入春天和秋日深处
我惊叹雪来时的不容分说
和去时的决绝
惊叹雪的行止有度
不越雷池地界

我更惊叹的是
多数事物的界限
越发模糊，人们
白天干着黑夜的事
黑夜干着更加黑暗的营生
而且还要为其披上
一层厚厚的雪，披上
厚厚的冷与静，洁与白

雪人

曾经，我在雪中
屏息，伫立
幻想雪花
把自己塑成雪人
塑就晶莹剔透的体形

其实，我明白
心脏无法停止搏动
去迎合雪的静
体温无法降低
去融入雪的冷
我甚至无法卸下辎重
去追随雪的轻盈
即便吞下一把把洁白的雪
也不能把体内的阴暗
洗净

也许，只有离开尘世之时
一把雪一样纯净的火
才能把我溶成洁白的雪
让我拥有雪一般
明净的灵魂

冰雹

冷酷，坚硬
却有圆滑的形体
看不到半点黑
披着晶莹，纯洁的外衣

密谋自高空云层
多发于温暖的春夏季
来得迅猛
避无可避

劈头盖脸的袭击
仅针对不打保护伞群体
而且，来有形去无影
不存留一丁点证据

冰凌，檐下滴落的春光

春风把冻结了一个冬季的
鸟鸣，打磨成一粒粒
晶莹的种子
自屋檐
缓缓
撒
下

一夜间
檐前屋后冒出的野花
肆无忌惮地摇曳
把母亲的满脸皱纹
摇成
涟漪荡漾的
一泓春水

雪野落日

天上是无尽的白云
地下是无尽的白雪
天与地
白得如此纯净
白得令人心慌

由东向西
太阳重重碾过白云
那强大的白
被碾开一道口
却又迅即愈合

疲惫的太阳
义无反顾地将自己
砸向雪野
在白茫茫的天边
砸出血淋淋的红

雪盲

五颜尽褪，六色归一
雪以丰厚的白
填平低处的沟壑
以冷酷的白
横扫高处的枯败
这一刻
你震慑于雪君临天下的气势
痴迷于雪扬起的苍茫白帜
全然不觉
低处的白有松软的陷阱
高处的白有没顶的雪崩
有一种冰冷能灼伤眼球
有一种比黑更黑的白
令你罹患
雪盲

雪落南方之南

风声已紧
那些个名叫雪花的女子
面目依然模糊
整座城阙
却已陷落于她们的闯入

拴马，停辇，驻足，仰视

雪落南方之南
即便，是一个误入边界的错
即使她们前脚刚进，后脚又出
只留下刺骨的冷漠
所有的人
依然被传说中的玉洁冰清
所折服

只有对门的阿婆
矜持如旧
淡淡地说：六十年前
当我如花似玉时
就在这广州城
见过她们平常的样子

遗忘是亘古的永恒

声音冻结，色彩已被擦去
所有的凹凸，皆被抹平
雪野苍茫，统治一切的
是无尽的空与白
你会有一种遗忘了世界
或被世界所遗忘的孤独与宁静

在茫茫的历史长河里，时光如雪
落于远古、当前和未来
所有的事物，渺小如雪粒
悲喜终被冻结，爱恨终被擦去，荣辱终被抹平
所有的记忆，仅是短暂的一瞬
只有遗忘，才是亘古的永恒

十

墙外的花朵

木棉红

不同于其他半遮半掩的花儿
她撕掉所有的绿叶
赤裸裸的
站在高处
无所忌惮地展示自己鲜红的酮体
赶过来的夏天仅看了一眼
就燥热了整整一季

梨花白

梨花自有其美学理论
不管其他花儿
如何桃红黛绿，如何斗艳争春
她瞄都不瞄一眼
仅随手扯几尺月色，披于身上
捧几滴雨水，扑于两腮
整个人儿
就出落成冰肌玉骨之胚

“你就跟他喝一辈子露水吧”
那一年，隔壁的梨花姐
在母亲的责骂声中
从容嫁给家徒四壁的阿贵
多年后，在梨花林中偶遇
梨花姐依然素衣飘飘
脸上的娇美
一如梨花带雨

紫荆紫

遇见她之前，并不知道
那些招摇于波光上
飘荡在檐前屋后，惊艳众人的粉黛
实际上，叫洋紫荆

而她，隐于楼下的花园中
隐于丛林里，已经颇有时日
她的大红大紫，竟是如此彻头彻尾
她的高贵，竟是如此由里而外

而我，对这种地地道道的
立于身旁的本土之美
竟是如此忽视，就像忽视
大隐隐于自家的那位内秀女子

墙外的花朵

翻越高墙的梵音
一朵朵
飘落草丛
绽放着庄重和轻盈

修行的云轻起缓落
诵读一瓣瓣经文
轮回的风反复往来
触摸花蕊蕴藏的虔诚

当岁月
把华丽采摘无存
依然留下
遍地慧根

格桑花

分不清
是高处撒落的
佛光一朵朵
还是低处托起的
酥油灯一盏盏
分不清哪一朵
才是神的信物
哪一种才是真正的
格桑

红的，白的，黄的
满山遍野，这些花儿
没有哪一朵是我想要的
我只想在其中漫无目的地徜徉
感受这生命的卑微和浩荡

只想让自己矮下去，小下去
矮小成它们
神圣的一员

去桃花涧看桃花

似乎整座城阙的桃红
皆迁入桃花涧
似乎此处，才有喧闹不息的春

桃花浩荡，而红妆粉黛的看花人流汹涌
分不清是桃花映红了人
还是人流把桃花淹没

只有小桃，依然悠悠地漫步山前
扬起红于桃花的脸庞说：
过些天，她们就得走下枝头来看我

林芝桃花

每一朵
都比想象娇美
每一次到来
总早我一步

就别问她们，如何
从圣湖掬一分清，从雪峰取三分纯
别窥探她们，如何
取云彩妆面，用红霞点唇
这些个守着小小秘密的女子
统领着这漫山遍野的美
统领着每一个轮回的春

我只在这一片片
如梦如幻的桃花林中发呆

呆坐成一块
幸福的石头

雪地一枝梅

一支红梅，在隆冬
怯生生地探头而出
在灰褐色的大地上
显露出几分突兀，几分灿烂

几朵雪花，飘落于花瓣
抹去花瓣的羞涩，更多的雪花
落满近处、远处、高处、底处
为寒梅布下洁白而辽阔的背景

这枝梅花，因辽阔的白
而更加灿烂夺目
辽阔的雪，也因弱小的红
愈显浩瀚和纯洁

当我们身边，有一些灿烂的事物

怯生生的，突兀而来
我们能否如雪花，静静的
为她们布下洁白而辽阔的背景？

红梅花儿开

小雪用红粉笔
在黑板写下“春”字
后山崖，几支红梅旋即绽开

雪橇乃阿爸手中的墨
一趟来去
便在雪原上磨出一汪春绿

阿妈举炊烟
剪下数纸红霞
让爷爷抄写小雪婚庆的喜帖

每一个角落都是稿纸
人人都可
信手诗写春意

跳来跳去的麻雀
也是小小的写手
为雪白的冬点上一个个句号

十一

漂白

悬于头顶的黑

它不动声色，即便
我走到最近处，它依然高高在上
把通体的黑，挂于电线，高悬我的头顶

它冷不丁叫了一声
叫声也是黑的
双重的黑，在我心头砸出一小块白

这种鸟，在世间日渐稀少
不知是人们厌恶它单纯的黑
还是它厌烦了人类复杂的色彩

亲近乌鸦

其实，我对乌鸦是有亲近感的
我的嗓门大
有时还像乌鸦一样
不适时宜的“嘎，嘎，嘎”
当然，我没有黑暗心理
时常勤快地拍拍衣衫上的灰尘
抹抹蒙垢的脸
我很长时间都没意识到
其实手上沾满浓墨
拍得越勤，抹得越多
在他人眼里
越发显示出彻头彻尾的黑

黑色说

云的黑，因为聚集
墨的黑，源于扩散

黑夜和白天轮番出没
万物若无其事，听任其平分尘世

有人在强光下拉起黑幕
有人在暗室中举起白旗

摸黑赶路，未必先抵终点
成竹在胸者，常在阳光下练习倒行

乌鸦，自由穿行于黑夜与白昼
它的红心，是否常预谋自黑羽下飞出？

乌鸦写诗

几只乌鸦
慢悠悠地，在雪地行走
留下的爪印，宛如一行行诗

这些黑色写手的分行文字
究竟该定义为白色
还是黑色？

骂名

乌鸦至死也不改变调门
它自顾自地
抖落沉重如山的骂名
轻灵飞越草木，飞越山川

尘世间，常有人
用轻如羽毛的黑色罪名
把百口莫辩的草民
压在山底，压在草木之下

漂白

时光如水
却时常将人性越洗越黑

用尽月光，可以漂白夜的底色
是否也能漂白暗黑的梦境？

乌鸦不借阳光，不借月色
以一如既往的黑，漂白自己

爱屋及乌

屋子是他的
屋外的树木是他的

灯光是他的
窗外的月亮也可以是他的

春天可以是他的
冬天也可以是他的

他可以使唤檐前屋后的蚂蚁、蜗牛
也可掌控高空的惊雷和闪电

你可以爱他，爱他的房屋
可别爱我，我不属于他

我只是用爪子在屋顶踩了一下
用嘶哑的嗓子朝他哭丧了一声

英国乌鸦

英国的乌鸦
喜欢成群结队叫嚷
喜欢站在
王公大臣雕塑头上拉屎
久而久之，塑像头部
留下腐蚀后的斑斑铜绿

在首相居住的
唐宁街10号
常常看到地面和铁栏杆
被扔番茄、鸡蛋的红色、黄色残留物
在色盲者眼里
是否类似于乌鸦的颜色

自黑

鹦鹉学习将人话讲得带点结巴
企鹅故意让走路的姿势没那么优雅
火烈鸟往红色的羽毛上抹了点泥巴
鸳鸯有意无意让人觉察
自己并非纯情典范
所有的鸟都觉得
有点瑕疵更接地气
只有乌鸦无所事事
它悠悠地说：你们忙吧
俺是原生态的，天然自黑

十二

寒冬里风提着刀

磨刀

每个人都是磨刀手
无时无刻不在
打磨一把刀
让刀更尖
让刀刃
更
利

用
以
切割
一份属于
自己的整整齐齐
圆圆满满的幸福

我们浑然不觉
幸福就是一把
不经打磨的刀
可把玩于指掌
也可别于腰间

越打磨
损耗越多
越锋利
越难触碰
更可能
伤及
自己

放下

解下冰刀，倒戈于春的温软
仍戒备小股摧花的倒春寒
闪电入鞘，酣眠于秋波潋滟
小心强台风，杀个回马枪

剑影匿，刀光暗
草木何时弯起弓，搭上了箭？
卸盔甲，释纷争
谁人的眼神，似扎于后背的刺芒？

惶惶然，在每个宁静的夜晚
你锲而不舍地，把一块圆月
打磨成弯刀
高悬于他人的梦乡

磨刀石

冬天由浅入深
把风打磨得越发寒冷锋厉

春风一次次在原野擦过
磨去枯木锈迹，重现青锋翠色

父辈对子女反复磨砺
身子骨渐渐销蚀佝偻

劫难时常磨断软骨
也能磨出披荆斩棘的角色

岁月也是一块磨刀石
泥沙俱下时，生命坦然成丝

前朝穿越而来的刀斧手

掬几缕春风拂面
灌半瓶墨水入肚
改头换面的事儿，就算完成

不限于秋风簌簌时行事
无须在午门听令
平日里，踱步于高堂大殿

摘叶成剑
剑气可拔下过境雁群最柔软的羽毛
飞花点穴
软肋死穴，点哪是哪毫离不偏

自猎物身上
剜一小片肉，不流半滴血
剔一小块骨，不沾一点腥气

面对神乎其技的他，我在想
如果有一天，我手握利器
是该横刀相向，还是惶然奉迎？

寒冬里风提着刀

总有些事物，在黑暗中诡异崛起
有些事物，在光明中极速堕落

所有的人，都蒙着面
分不清谁是侠客，谁是盗贼

坚硬的石头在无声风化
只有软弱的野草，弯腰之后又挺立

风，提着寒光凛冽的刀
一会站在高处，一会奔向低处

它的吼叫凄厉惊悚：若无认罪之人
每天黄昏，将斩下一颗夕阳头颅

死胡同（一）

缺乏眼观六路的本事
时常一而再，再而三地
误入一些死胡同
在胡同尽头
我只能自嘲缺乏道行
没能练就穿墙术
也猜不出墙那头是否连着通天路
压根没有撞上去
来个墙毁人亡的勇气

后来，少了些
步入绝地的沮丧
惊喜于
墙外探过来的一枝寒梅
胡同里飘溢的奇异酒香
对边上木门里传出的犬吠声

也充满好奇
再后来
我甚至怀疑自己变成了
误导他人进入死胡同的景物

死胡同（二）

写了些关于死胡同的诗
夜里竟梦见
被一群手持棍棒的人
逼进胡同底

奇怪的是，胡同又自动延伸
我气喘兮兮
追赶的人也气喘兮兮
奔跑的胡同大汗淋漓，摇来摆去

我纳闷：都说梦境与现实相反
莫非，白日里我把他人追进了死胡同？
而现实中的一堆堆荒唐事
其实只是一场场梦魇？

撞南墙

尚未老眼晕花
我诧异于自己时常撞上南墙
这种碰撞
其实分不清无意还是有意
我还发现，墙上的壁画
已被额头撞得斑斑驳驳
撞成另一幅奇异的水墨
有一天甚至发现
自己的灵魂已经穿墙而过
而躯壳却越撞越扁，越撞越薄
成为立于南墙之前的
另一面墙

另一些雾霾的根源

例如
傲慢哼出的鼻气
滔滔不绝时的飞沫
脸红耳赤时头上冒出的烟
酒足饭饱时打的嗝
在人群中偷偷摸摸放出的屁
故意扇出的阴风点燃的鬼火
大摆排场过处的飞沙走石
……

所以
我对雾霾不敢太多怨气
还时常愧疚地
大口吸气小心呼气
把口当成吸尘器
把肺叶当成除尘器

十三

入埃及记

金字塔

大漠浩瀚，黄沙轻扬
金字塔像镇纸，泛着历史的金黄
镇住大漠，这跃跃欲飞的苍凉

轻云，一片片掠过
抬头一纸纸洁白，低头遍地斑驳阴影
而天空，依旧湛蓝

金字塔，也在烟云中变幻
一会儿金黄，一会儿灰暗
不停回放着久远历史的阴阳两面

沙漠吞噬沙漠

人声鼎沸，驼铃声扬
踏碎大漠的静寂
新墓群，新民居，步步紧逼

狮身人面像的雄奇
渐次剥蚀
金字塔的光芒，被不断蚕食

大漠一退再退
人类，似浩瀚的沙漠
欲将撒哈拉沙漠，吞噬

在撒哈拉沙漠

风把太阳当一粒黄沙
由东边吹向西边
月亮在起起落落之间
被沙砾时而磨蚀，时而磨圆

在撒哈拉沙漠
一切都比一粒沙更加渺小
所有的色彩
都臣服于黄色的辉煌

我像一粒沙子
在风沙中，甘于迷失方向
甘于让所有的荣辱、喜怒和哀乐
融解于这无尽的苍凉

苏伊士运河

一把刀，把埃及切成
东一块，西一块
把西奈半岛自非洲切给亚洲

这把刀，常常有人争夺
常常因为争夺而
血流成河

苏伊士运河
更应该是一根线
用于缝合大地的裂痕

如此，地球再无五洲之分
人心再无分隔之海
河上的船舶，只是时间的针脚

红海蓝海

向着塞得港
汽车在沙漠中疾驰
沙尘浪起
红海，被极速抛离

苏伊士运河的浅表海流
逆向南去
高筑的河堤，圈住涛声
风帆，向着狭小的红海蠕移

狭小的红海，仅是途中节点
北方是地中海，南面有印度洋
对于我们，对于风帆
不同方向，都有辽阔的蓝

地中海星光

地中海，夜色茫茫
泅渡的星星和月亮
顷刻间，被波涛撕烂

一群精明的星星
蹑手蹑脚，趴在进港商船的
舱顶和桅杆上

她们准备着，借商船
穿越苏伊士运河，穿越红海
偷渡至南面的印度洋

塞得港落日

礁石、堤岸
在浪花的冲刷下
黝黑、粗粝如旧
一如塞得港不可磨蚀之魂

汹涌的波涛，转而
抽打落日
将这过客的所有辉煌
剥夺殆尽

一个红衣阿拉伯女子
闯入镜头
她带来的惊喜
超过救起那轮沉没的夕阳

埃及博物馆的野鸽子

荷枪实弹的警察
坦克装甲上全副武装的军人
一次再一次的安检
我有点怀疑，是不是
误入了一个战略要地

博物馆门口台阶上
一对野鸽子，来回踱步
你啄我一口，我啄你一下
旁若无人地
表达彼此的亲昵

夜游尼罗河

游船仿佛从远古驶来
舞蹈的女子
可是哪个发老流落人间的宠姬

水流的琴声
弹拨着金字塔尖沉睡的梦
月亮的手鼓
就这样一直敲击
让一种古老的文明
在月色波光上起起伏伏

随着她旋转的舞步
在平静的流域，一定有一朵朵睡莲
与两岸的一朵朵灯光竞相开放
她的腰肢，扭动着一个族群
奔放的风情

尼罗河，一如这体态丰腴的女子
在历史的沙尘中，且舞且行
沿河的绿地，是她的腰身
尼罗河三角洲，是她绣满鲜花的
华丽裙裾